Quanta bondade!

QUINO

Quanta bondade!

Tradução
MONICA STAHEL

Martins Fontes
São Paulo 2004

1ª edição
abril de 2004

Tradução
MONICA STAHEL

Acompanhamento editorial
Luzia Aparecida dos Santos
Revisão gráfica
Maria Regina Ribeiro Machado
Luzia Aparecida dos Santos
Dinarte Zorzanelli da Silva
Produção gráfica
Geraldo Alves
Paginação/Fotolitos
Studio 3 Desenvolvimento Editorial

Dados Internacionais de Catalogação na Publicação (CIP)
(Câmara Brasileira do Livro, SP, Brasil)

Quino
Quanta bondade! / Quino ; tradução Monica Stahel. – São Paulo : Martins Fontes, 2004.

Título original: ¡Cuánta bondad!
ISBN 85-336-1941-3

1. Histórias em quadrinhos I. Título.

04-0950 CDD-741.5

Índices para catálogo sistemático:
1. Histórias em quadrinhos 741.5

Rua Conselheiro Ramalho, 330/340 01325-000 São Paulo SP Brasil
Tel. (11) 3241.3677 Fax (11) 3105.6867
e-mail: info@martinsfontes.com.br http://www.martinsfontes.com.br

— O QUE O CAVALHEIRO DESEJA COMER?
O QUE MEU BEBÊ DESEJA COMER?
MAMÁ!! QUELO MAMÁ!!

Hop!
MARKETING!
MARKETING!
MA
MAMY
UHAI!...
MAMY'S food
MAMY'S food

MADE IN

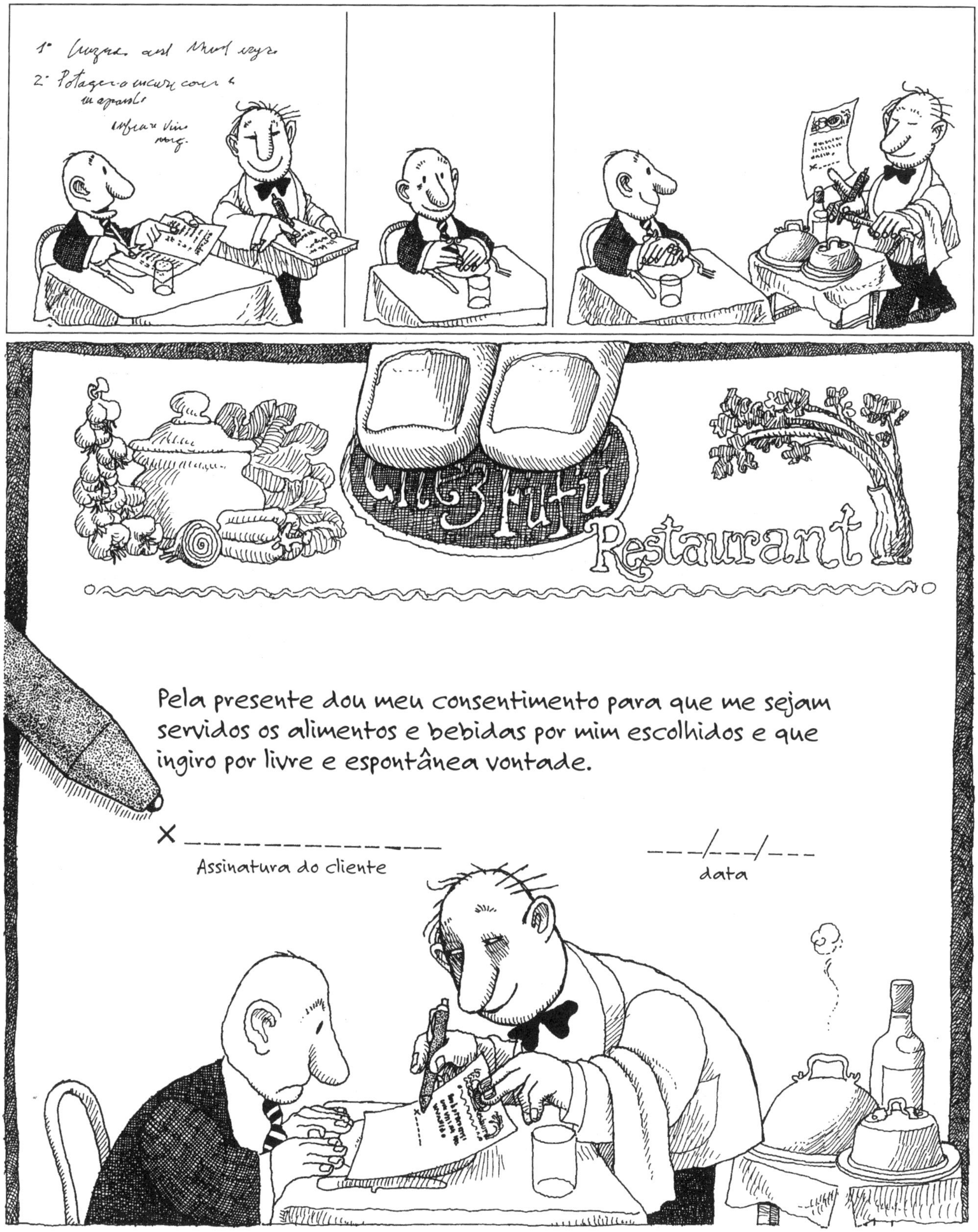

Restaurant
Pela presente dou meu consentimento para que me sejam servidos os alimentos e bebidas por mim escolhidos e que ingiro por livre e espontânea vontade.
X
Assinatura do cliente
data

— UMA PEQUENA FORMALIDADE: SUA ASSINATURA, POR FAVOR.

JAMON
JAMBON
PROSCIUTTO
PERNIL
OsKi Clasico
Di Vito
Cuest del Nine
Casa de REP
Viejo Crist
Sendra del Matías
Chateau CALOI
Vasco Garay
Cochea Tinto
Mai Kas
Palace de Lino
Vieux Landri
Viña Dobal
Sabat
Casc y Oli
Aldo del Rivero
Don Pepe M.
Rosso di Vinsky

10 Km
5 Km
P

CAFE
BAR
UNIVERSIDAD

DRIIIIIIIM
DRIIIIIIIM

FAX

— ... NÃO, COM A SECRETÁRIA DELE. IMPOSSÍVEL, NESTE MOMENTO ESTÁ COM UMA PESSOA. QUEM DEVO DIZER QUE TELEFONOU?

— AGORA, COM A PALAVRA O EMINENTE PROFESSOR PIPINUTTI
8 3 7 5 2 6 4
— ALÔ? AH, É O SENHOR, PROFESSOR!... CLARO, VOU VERIFICAR AGORA MESMO, PROFESSOR.
— DE FATO, PROFESSOR, ESQUECIDO SOBRE SUA ESCRIVANINHA
— COMO... QUE EU LE-LEIA... MAS... POR TELEF...? MAS PRO... BEM, JÁ QUE ESTÁ MANDANDO, PROFESSOR!
— "Excelentíssimo senhor Governador, caro reverendo, Autoridades, Senhoras, Senhores..."
—...TORIDADES, SENHORAS, SENHORES: ESTAMOS AQUI REUNIDOS PARA RENDER....
— ("PARA RENDER?")
— merecida homenagem a quem deu a vida lutando incansavelmente em defesa de tão elevado..
— Ah!
— ... MERECIDA HOMENAGEM A QUEM DEU A VID...DA LUT...
— continue, Gastão, continue
- ;;;;;;;; moral ;;;;;;;; justiça pública ;;;;;;;; dignidade humana ;;;;;;;;;; da Pátria ;;;;;;;;;;;; liberdade ;;;;;; ideais prístinos ;;;;;;;;;;;;

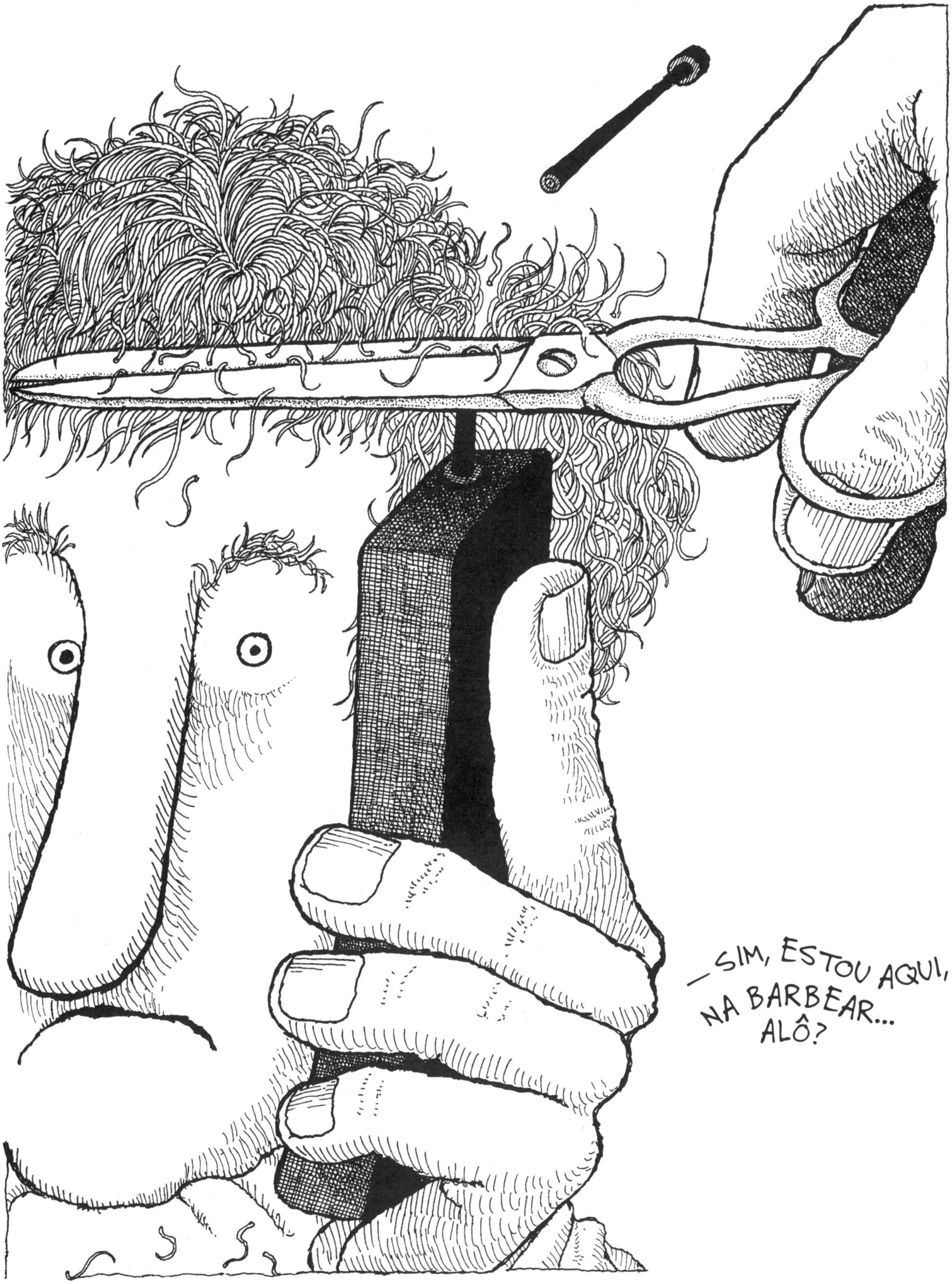
— SIM, ESTOU AQUI, NA BARBEAR... ALÔ?

BIP
BIP
BIP
BZZZZZZ
DR
DRIIIMMMM!
IIIIMM!
— Alô?
— POR FAVOR, ME DÊ O SINAL, PRECISO MANDAR UM FAX!
— Sim, srta.
CLIC!
IIIIIIH...
DRIIIIIM!
DRIIIIM!

CLIC!
"AQUI RÁDIO FM. HOJE CÉU CLARO, COM MÁXIMA PREVISTA DE...!
CLIC!
FAX!
IUHUU...IUHUU...
"CAIU A BOLSA DE TÓQUIO. NÃO PUDE EVITAR RUÍNA TOTAL. DESCULPE.
SMITH"
TUMP!
CLIC!
"ESTA É UMA SECRETÁRIA ELETRÔNICA. SE DESEJA DEIXAR UMA MENSAGEM DEPOIS DO SINAL, SUGERIMOS QUE NÃO O FAÇA; SERIA COMPLETAMENTE INÚTIL. OBRIGADO."

— NÃO SEI POR QUE SUA MÃE, COITADA, NAQUELA IDADE, INSISTE EM QUERER MOSTRAR QUE TAMBÉM É MODERNA; MAIS UMA VEZ MANDOU UM FAX PELO FORNO DE MICROONDAS.

— BOM DIA, EM QUE POSSO AJUDÁ-LO?
— EU QUERIA PAPEL PARA ESCREVER.
— POIS NÃO, QUE MÁQUINA O SENHOR POSSESSIONA?
— NNNÃO..., NÃO TENHO MÁQUINA, ESCREVO A MÃO.
— AH, PODERIA ME DESCRICIONAR QUE FORMATO PREFERENCIA: A-3, A-6, A-4, A-5?
— NÃO SEI,,, QUALQUER UM, ESCREVO FRASES, ALGUNS POEMAS, ANOTAÇÕES AVULSAS...
— COMPREENDO, MAS SE O SENHOR TIPOLOGIZAR O CÓDIGO DE FORMATO EM QUE ESCREVE MELHOR POSSO SUGERIR O A-4 OU O A-
— CHEEGA!!
— EU NÃO ESCREVO EM CÓDIGOS, ESCREVO EM PAPEL, EM SIMPLES PAPEL DE ESCREVER!! TEM OU NÃO TEM?
— AGUARDE UM MOMENTO, PRECISO CONSULTAR MINHA SUPERVISORA.
— PRAZER, WANDA, ÀS SUAS ORDENS.
— MEU COLEGA ME REFERENCIOU QUE O SENHOR PROCURA PAPEL PARA GRAFICAR... EXATAMENTE O QUÊ?
— MINHAS IDÉIAS! SÓ QUERO LEVAR MINHAS IDÉIAS AO PAPEL!
— OU SEJA, UM TRANSFER DE IDÉIAS. AH, ENTENDO, O SENHOR QUER PAPEL DE EMBALAGEM! DESCULPE, NÃO O OPERACIONAMOS!
— TUDO BEM, VAMOS ESQUECER.
SNIF!!
— COITADO, É QUE NESSA IDADE A PESSOA JÁ ESTÁ DESNEURONIZADA!
— É ISSO, E NÃO SABEM EXPRESSIONAR BEM O QUE DESEJAM!

— DEIXE-A, MULHER!.. O REPOLHO, A CEGONHA... NÃO VÊ QUE É COISA DE CRIANÇA? VOCÊ NÃO SABE QUE HOJE ELES PODEM CONSEGUIR QUALQUER BOBAGEM QUE LHES PASSE PELA CABEÇA NESSA TAL DE INTERNET?

— DEIXA VÊ NENÊ DIZÊ MAMÃE? MAAA-MÃÃÃE!! MA-MÃE!!
— PAPAI!! NENÊ DIZ: PAAA-PAAAI!
— ÓÓÓÓÓ: MAMÁ!! BINITO, MAMAZINHO!! NENÊ DIZ: MA-MÁ!!
— NENÊ DIZ PAAA-PAAAI!
— MAAA-MÃÃÃE!
SOFTWARE! MOUSE! SALE! COMPACT! OPEN! SHOPPING! CHIP! DISKETTE! ZAPPING!
— PU QUE ELES TÃO ACHIM? AFINAL NENÊ NUM CHABE FALÁ?

— BEM, ENTÃO SABEMOS QUE A FORMA DA TERRA É...
— A QUE DEUS LHE DEU!!
— O HOMEM E OS ANIMAIS QUE TÊM VÉRTEBRAS PERTENCEM À ORDEM...
— DAS CRIATURAS DE DEUS!!
— QUEM GUIOU AS PESSOAS QUE EM 1807 RECONQUISTARAM BUENOS AIRES, DERROTANDO OS INGLESES?
— A MÃO DE DEUS!!
— VOCÊ SABE ME DIZER QUAIS SÃO OS TRÊS REINOS DA NATUREZA?
— SEI: O PAI, O FILHO E O ESPÍRITO SANTO!
— QUATRO MAIS QUATRO É IGUAL A...
4+4=
— ... A NÓS; TODOS SOMOS IGUAIS PERANTE DEUS!!
— ZERO EM TUDO!!... E AQUELES HIPÓCRITAS DIZEM QUE SÃO UM COLÉGIO RELIGIOSO?

— OLHE, SE ENTENDI BEM O QUE ME CONTARAM, A COISA É ASSIM: HAVIA UMA MOÇA CHAMADA MARIA. UM DIA ELA RECEBEU UM FAX, ANUNCIANDO QUE IA TER UM BEBÊ.
— MAS HAVIA UM HOMEM MUITO MAU QUE QUERIA MATAR O BEBÊ DE MARIA.
— EU VOU CHAMAR O ESQUADRÃO DA MORTE!!
— MAS, COMO O CARA NÃO TINHA IDÉIA DE COMO ERA O BEBÊ DE MARIA, MANDOU MATAR TODOS OS BEBÊS DA CIDADE, E PRONTO.
— POR SORTE MARIA E O MARIDO FICARAM SABENDO DAS INTENÇÕES DO HOMEM MAU E CONSEGUIRAM FUGIR ANTES COM O BEBÊ.
— MAS A COISA NÃO TINHA SIDO FÁCIL, O BEBÊ ESTAVA PARA NASCER E ELES NÃO ACHAVAM CLÍNICA NEM HOSPITAL QUE OS ACEITASSE.
— NÃO ATENDEMOS ESTA OBRA SOCIAL. VOCÊS NÃO TÊM OUTRA PRÉ-PAGA?
— ENTÃO ELES PARARAM NUM ESTACIONAMENTO AONDE ESTAVA CHEGANDO UM OVNI, QUE AQUECEU O BEBÊ QUE ACABAVA DE NASCER.
P
— ENTÃO APARECERAM UNS MAGOS ASTRÓLOGOS QUE ESTAVAM SEGUINDO A LUZ DO OVNI, POIS SABIAM QUE ELE OS LEVARIA AO BEBÊ DE MARIA. E DERAM A ELE OS TRÊS PRESENTES QUE TRAZIAM: BICICLETA, COMPUTADOR E WALKMAN, QUE É EXATAMENTE O QUE ESTOU PENSANDO EM PEDIR AOS VELHOS.
— UAU!!

— ESQUADRILHA EXTRATERRESTRE
EM FORMAÇÃO DE COMBATE
NOS ATACA ÀS 15 PARA AS 9.
PRIMEIRA PLATAFORMA DE MÍSSEIS
PRONTA PARA CONTRA-ATAQUE,
CÂMBIO!!!

— DEIXE, É A IDADE.

— QUE RIQUEZA!.. O QUE VOCÊ QUER SER QUANDO CRESCER?
— EU? A MESMA COISA QUE MEU PAI!
— AH, E O QUE FAZ O SEU PAI?
— NO MEU MARIDO??!!
— NO MEU FILHO??!!

– SEM-VERGONHA! NA MINHA MULHER?!!
— NO MEU PAI??!!
— TODOS QUIETOS! O QUE ESTÁ ACONTECENDO?
— MMNADA, CALMA, SENHORITA!
— OLÁ, SOU A ASSISTENTE SOCIAL, QUERO CONHECER VOCÊ. VAMOS VER,.. O QUE VOCÊ QUER SER QUANDO CRESCER?
— EU ?...

CHEGADA
WORLD WHEELING ORGANIZATION
ASOCIACION NACIONAL DE CICLISMO
TVK
COMITATO CICLISTICO ITALIANO
C.C.I.
ASOCIACION NACIONAL DE CICLISMO
ANC
AWA AMERICAN WHEELING ASSOCIATION
F.F.C. FEDERATION FRANÇAISE DU CYCLISME

— NÓS O EDUCAMOS NA DISCIPLINA INFLEXÍVEL DA MELHOR DOUTRINA IDEOLÓGICA PARA QUE TIVESSE UM CARÁTER FÉRREO SUPERIOR. ONDE FOI QUE ERRAMOS?

— DESCULPE, CAVALHEIRO, ESTE PAÍS TEM SAÍDA PARA O FUTURO?
— CLARO. PARA JOVENS, A PORTA NO FUNDO DO CORREDOR.
— OBRIGADO! ESTÁ ABERTA?
— NÃO, MAS AQUI ESTÁ: CHAVE MAGNÉTICA COM CÓDIGO COMPUTADORIZADO.
— CHAVE MAGNÉTICA COM CÓDIGO COMP...FAAH!!..

— MANDEI CHAMÁ-LO, DR. FUX, PARA ME EXPLICAR **QUEM**
O SENHOR ACHA QUE É DENTRO DESTA EMPRESA.

— A AMBIÇÃO DA VIDA TODA, MATILDE!...
FINALMENTE CHEGAR A UM CARGO EM QUE
AS DECISÕES FUNDAMENTAIS DEPENDEM
EXCLUSIVAMENTE DE MIM, SEM QUE
NINGUÉM, NINGUÉM META A MÃO!

— A FILOSOFIA DE NOSSA INSTITUIÇÃO DE CRÉDITO INSPIRA-SE NUMA SADIA VONTADE DE SOCORRER ECONOMICAMENTE QUEM NECESSITE, OUTORGANDO EMPRÉSTIMOS EM DINHEIRO QUE, LOGICAMENTE, DEVEM SER RESTITUÍDOS DEPOIS PELO CLIENTE COM A RIGOROSA PONTUALIDADE DE PRAZOS E OS JUROS QUE JULGARMOS MAIS ADEQUADOS, A FIM DE NÃO NOS VERMOS OBRIGADOS A ABANDONAR O ESPÍRITO HUMANITÁRIO DE SOLIDARIEDADE QUE NOS MOVE

— ADVIRTO QUE O SENHOR TERÁ QUE SE ENTENDER COM MEU ADVOGADO!!!..

— CLARO QUE, DE VEZ EM QUANDO, APARECE ALGUÉM COM QUEM NO INÍCIO ELE PODE NÃO SIMPATIZAR, MAS DEPOIS... VEJAM QUE BONZINHO, COMO ELE FAZ CARINHO!!!

— CLONAR COELHOS!!.. SÓ UM INSENSATO COMO O SENHOR PODE TER A IDÉIA DE CLONAR COELHOS SABENDO COMO SÃO OS COELHOS!

— TUDO BEM PRECISAR CONTÁ-LAS PARA DORMIR, MAS DEPOIS PELO MENOS VOCÊ PODERIA SONHAR QUE SÃO EXPORTADAS, OU QUE UM LOBO CHEGA E AS DEVORA OU... SEI LÁ... ALGUMA COISA QUE NOS LIVRE DESSA MALDITA HISTÓRIA TODAS AS MANHÃS!!

— SIM, CLARO, É MAIS MODERNO; MAS...
COM QUEM VOCÊ COMENTA SUA VIDA?

— SENHOR, NÃO PERMITAS QUE UM TEMPORAL ARRUÍNE MINHA COLHEITA, EU TE SUPLICO!!
— OBRIGADO!
— SENHOR, NÃO DEIXES QUE ESSA SECA QUEIME MINHA COLHEITA, ME AJUDA!!
— OBRIGADO!
— SENHOR, ESTA INUNDAÇÃO VAI AFOGAR MINHA COLHEITA, CHEGA DE CHUVA, POR PIEDADE!!
— OBRIGADO!
— QUE ANO MAGNÍFICO, A COLHEITA FOI EXCEPCIONALMENTE ABUNDANTE EM TODA A REGIÃO!
— GRAÇAS A DEUS!
— É ISSO....
— ... ESSE EXCESSO DE PRODUÇÃO VAI BAIXAR O PREÇO NO MERCADO A UM MÍNIMO HISTÓRICO: POSSO COMPRAR SUA COLHEITA POR UM CENTAVO A TONELADA
— O QUÊÊÊ?? UM CENT... A TON...?? MAS.. É UMA MISÉRIA!!
— EU ME ACABEI TRABALHANDO DURANTE O ANO TODO COMO UM ANIMAL ENQUANTO O SENHOR, MALDITO EXPLORADOR, O QUE FEZ, HEM? O QUE FEZ?
— COMO, O QUE FIZ? PENSEI EM VOCÊS, CAMPONESES, E PEDI AO SENHOR QUE TODOS TIVESSEM UMA BOA COLHEITA! É MINHA CULPA QUE ELE TENHA OUVIDO MINHAS SÚPLICAS?

— POIS NÃO?
— COM LICENÇA, SOU DA ENTIDADE ARRECADADORA DE IMPOSTOS. VENHO VERIFICAR SE A SENHORA É UMA PESSOA DE FORTUNA
— MAS, FIQUE TRANQÜILA, NÃO EXIGIREI TÍTULOS DE PROPRIEDADE, CONTAS BANCÁRIAS NEM NADA DISSO PARA AVALIAR SUA FORTUNA. NADA DE BUROCRACIA ULTRAPASSADA!
— HOJE, CONFORME O ESTILO MODERNO COM QUE SE ADMINISTRA NOSSO PAÍS, ESTABELECEMOS NOVAS REGRAS DE JOGO: AQUI ESTÁ UM DADO, EU JOGO PRIMEIRO.
— FFF!... SÓ TRÊS! QUE PENA! É SUA VEZ.
— OBA!!.. DUPLO SEIS! ISSO É QUE SE CHAMA TER FORTUNA!
— HIII, GANHEI!!
— AGORA MESMO VOU REGISTRAR EM SUA FICHA FISCAL: "GOZA DE FORTUNA NOTÁVEL"
— OUÇA, MAS EU!...
— A SENHORA NADA! VAI COMEÇAR A PAGAR SEUS IMPOSTOS COMO QUALQUER PESSOA DE FORTUNA, FINALMENTE VAI DEIXAR DE SER UMA MARGINALIZADA SOCIAL. CHEGA DE PRIVILÉGIOS!! IMPOSTOS DIGNOS PARA TODOS!!
— QUE SORTE, FILHINHO, SABER QUE HÁ FUNCIONÁRIOS QUE SE PREOCUPAM EM VIR HIERARQUIZAR NOSSA POBREZA!!

— VENHAM, PODEM VIR!!... TAXAS, IMPOSTOS, JUROS, DECRETOS, VENCIMENTOS, FATURAS, COMPROVANTES, REAJUSTES!! NÃO SE ACANHEM, SEI QUE ESTÃO AÍ!! NÃO CONSEGUIRÃO TIRAR MEU SONO, BANDO DE COVARDES BASTARDOS DEGENERADOS!!

— UM POVO POLITICAMENTE ADULTO MERECE TER FUNCIONÁRIOS COMO NÓS, QUE SABEMOS GANHAR A CONFIANÇA DAS PESSOAS QUE ATUANDO COM ABSOLUTA TRANSPARÊNCIA
— FUNCIONÁRIOS COMO NÓS, DISPOSTOS A ASSUMIR TODA A RESPONSABILIDADE DE NOSSOS ATOS ATÉ AS ÚLTIMAS CONSEQÜÊNCIAS E DE ESCLARECER QUALQUER DÚVIDA PENDENTE.
— COMO, POR EXEMPLO, O CASO DAQUELES 40 MILHÕES DE DÓLARES QUE SUMIRAM DURANTE SUA GESTÃO ANTERIOR E QUE, APESAR DOS ANOS QUE SE PASSARAM, NÃO SE SOUBE ONDE FORAM PARAR, NÃO É?
— PU QUÊ PEGUNTA ISSO PO NENÊ? NENÊ ERA PEQUININHO, NENÊ NÃO LEMBA NADA!

— NÃO, FILHINHO, HOJE O IMPORTANTE É SABER DESENHAR ISTO.
— NÃO, FILHINHO, NUNCA DESPERDICE DINHEIRO COM QUEM NÃO LHE DÁ LUCRO!
— PAI, ESSAS PESSOAS SÃO FRACASSADAS, NÃO É?
— ISSO MESMO, FILHO, VEJO QUE ESTÁ COMEÇANDO A ENTENDER
— PÃO E TRABALHO!
— JUSTIÇA!
POLIS
POLIS
— ESTIVE PENSANDO... SE EMPREGÁSSEMOS PEÇAS USADAS BAIXARÍAMOS A QUALIDADE, CERTO, MAS QUEM VAI OLHAR DENTRO DE UM MOTOR? E DOBRARÍAMOS OS LUCROS DA FÁBRICA, QUE É O QUE IMPORTA!!!
— NÃO FOI FÁCIL, MAS O GAROTO ACABOU DANDO CERTO!!
— A FRATURA NÃO É MUITO GRAVE, MAS A INTERNAÇÃO SERÁ LONGA E CARA.
— DEPOIS, EM CASA, VAI PRECISAR DE REABILITAÇÃO, ENFERMEIRAS, FISIOTERAPEUTAS...
— ... FERMEIRA$, ...$IOTERAPEUTA$
— UMA AJUDINHA, POR FAVOR, TENHO UM FILHO QUE DEU CERTO!!!

— BOM DIA, VENHO FALAR DE UM CASO DE CORRUPÇÃO.
— ISSO É MUITO GRAVE, AMIGO. COMO ESTÁ DISPOSTO A ACERTÁ-LO?
— ENTENDI, O SENHOR RECEBEU MENOS DO QUE O COMBINADO E QUER ACERTAR AS CONTAS.
— EU NÃO RECEBI NADA DE NINGUÉM!! NÃO SOU UM CORRUPTO IMUNDO!!
— ENTÃO PRETENDE DENUNCIAR TERCEIROS? CUIDADO! TEM PROVAS?
— CUIDADO QUE OS CORRUPTOS SABEM DAR UM JEITO DE VIRAR TUDO! O SENHOR PODE SER DENUNCIADO POR CALÚNIA!

— DESCULPE, ACERTAR O QUÊ?
— QUER ENCERRAR O CASO.
— PERDÃO, EU QUERO ABRIR O CASO, NÃO ENCERRAR.
— AH, ENTÃO DEVE TER PAGO MAIS QUE O COMBINADO, NÃO É?
— TAMBÉM NÃO!! NÃO SOU UM CORRUPTOR ASQUEROSO!!
— E ISSO SERIA MUITO GRAVE PARA O SENHOR. MAS, ENFIM, SEMPRE PODERÍAMOS FAZER UM ACERTO.
— ISSO É REPUGNANTE!! VÁ PASTAR, O SENHOR COM SEUS ACERTOS!!
— QUANTO EGOÍSMO, MEU DEUS!! COM GENTE QUE NÃO QUER ACERTAR NADA... QUANDO É QUE ESTE PAÍS VAI DAR CERTO??!

— A BONDADE...
LEMBRA-SE DA BONDADE?
— A BONDADE...
A BONDADE...
– AH, SIM: "A Bondade"
UMA LOJA, NÃO ERA? MINHA MÃE ME COMPRAVA ROUPA DE BAIXO LÁ.
— NÃO, QUE LOJA? ESTOU FALANDO DA BONDADE: SER BOM, SOLIDÁRIO, AJUDAR O PRÓXIMO... LEMBRA?
— EU, NA VERDADE... SERÁ QUE FOI USADA JUSTO QUANDO TIVE HEPATITE E FIQUEI UM TEMPO SEM SAIR? ONDE SE VIA ESSA TAL BONDADE?
— ORA... POR TODO LADO! HAVIA UMA QUANTIDADE DE GENTE QUE LUTAVA GENEROSAMENTE PARA AJUDAR OS OUTROS, PARA NÃO HAVER FOME, DESEMPREGO,...
— ... GENTE QUE CUIDAVA PARA AS ESCOLAS E OS HOSPITAIS FUNCIONAREM BEM, GENTE QUE NÃO SE IMPORTAVA COM SEU PRÓPRIO BENEFÍCIO ECONÔMICO...
— GENTE HONRADA, INSUBORNÁV...
— BOOOAS
ALCOÓLICOS
ANÔNIMOS

— QUEM PODE CONFIAR NUM CORRUPTO QUE, DE REPENTE, APARECE TODO SALPICADO DE HONESTIDADE?

farmácia
BAR
TVK
TV KANAL
— CAROS TELESPECTADORES, ESTAMOS NUMA ÉPOCA QUE TRAZ ANGÚSTIA, PREOCUPAÇÃO, INTRANQÜILIDADE A MUITAS PESSOAS... POR QUÊ?
— ... PORQUE É JUSTAMENTE NO VERÃO QUE AS PESSOAS SE DESESPERAM POR CAUSA DOS QUILINHOS A MAIS NA PISCINA OU NA PRAIA! NOSSO PROGRAMA DE HOJE É PARA ELAS!

— VEJA, CAVALHEIRO, EU NÃO SOU DESSAS MÃES ASQUEROSAS E DEGENERADAS, HIPÓCRITAS E CHORONAS, QUE USAM OS FILHOS PARA DESPERTAR PENA, E AQUI ESTÃO ELES QUE NÃO ME DEIXAM MENTIR. POR FAVOR, O SENHOR ME DÁ UMA BOA ESMOLA?

— EU COMO CEREAIS PORQUE É A ÚNICA COISA QUE
— ME MANTÉM NA LINHA
— NOS RESTA
— É CLARO QUE PARA MEUS FILHOS OS CEREAIS NÃO BASTAM. ENTÃO ELES COMEM E BEBEM MUITAS PORCARIAS, COMO...
— ...RAÍZES, VERMES, LOMBRIGAS, ÁGUA CONTAMINADA.....
— ... CHOCOLATE, BATATA FRITA, BRIOCHE, REFRIGERANTE...
— E ISSO TENHO QUE SUPORTAR SOZINHA POIS, INFELIZMENTE, MEU MARIDO...
— ... MORRE POR DOCES, CREMES, TORTAS, PASTÉIS...
— ... MORREU NA ÚLTIMA EPIDEMIA DE BERIBÉRI
— O QUE NÃO SEI É ATÉ QUANDO VOU RESISTIR SEM ABANDONAR...
— ... ESTE MUNDO. ENTÃO O QUE VAI SER DOS MEUS FILHOS?
— ... ESTE REGIME. ENTÃO O QUE VAI SER DOS MEUS QUILOS?

— BOGROVO: UM SOLDADO DO EXÉRCITO QUE APÓIA O PRESIDENTE DEMOCRATA MAZEVICH DÁ CHOCOLATE A UMA MÃE E SUA FILHINHA ENTRE AS RUÍNAS DE SUA CASA, DESTRUÍDA POR GUERRILHEIROS.

— SAN JUAN DE TALUGAR: UM AGENTE DO CORPO ANTI-NARCÓTICOS CONTROLA OS DOCUMENTOS DE UMA CAMPONESA. MUITAS DELAS USAM OS FILHOS PARA PASSAR DROGA ESCONDIDA ENTRE OS BRINQUEDOS.

— MAHILI: PARA COMEMORAR O DIA DO EXÉRCITO AS MULHERES DESSE PEQUENO PAÍS SEGUEM A ANTIGA TRADIÇÃO DE PRESENTEAR OS SOLDADOS COM BARRAS DE *KAOÊ*, UM DOCE TÍPICO FEITO COM SEMENTES DE *PUAH*.

— GENEBRA: UM INFORME DA UNICEF REVELA QUE NO MUNDO TODO CRESCE O NÚMERO DE CRIANÇAS VÍTIMAS DE ABUSO SEXUAL. NA FOTO, UMA MÃE OFERECE SUA FILHINHA A UM SOLDADO DESCONHECIDO EM TROCA DE CHOCOLATE.

— KÁFARA: UMA PEQUENA *KAFARITA* ENTREGA A UM INTEGRANTE DA MILÍCIA *VINGADORES PELA PAZ* UM POEMA DE AGRADECIMENTO POR TER MATADO AS CRIANÇAS *MALUFITAS* QUE ROUBARAM SUA BONECA.

— BOGROVO: UM GUERRILHEIRO DA *FRENTE PATRIÓTICA* DÁ CHOCOLATE A UMA MÃE E SUA FILHINHA ENTRE AS RUÍNAS DE SUA CASA DESTRUÍDA PELO EXÉRCITO QUE APÓIA O SANGUINÁRIO PRES. MAZEVICH.

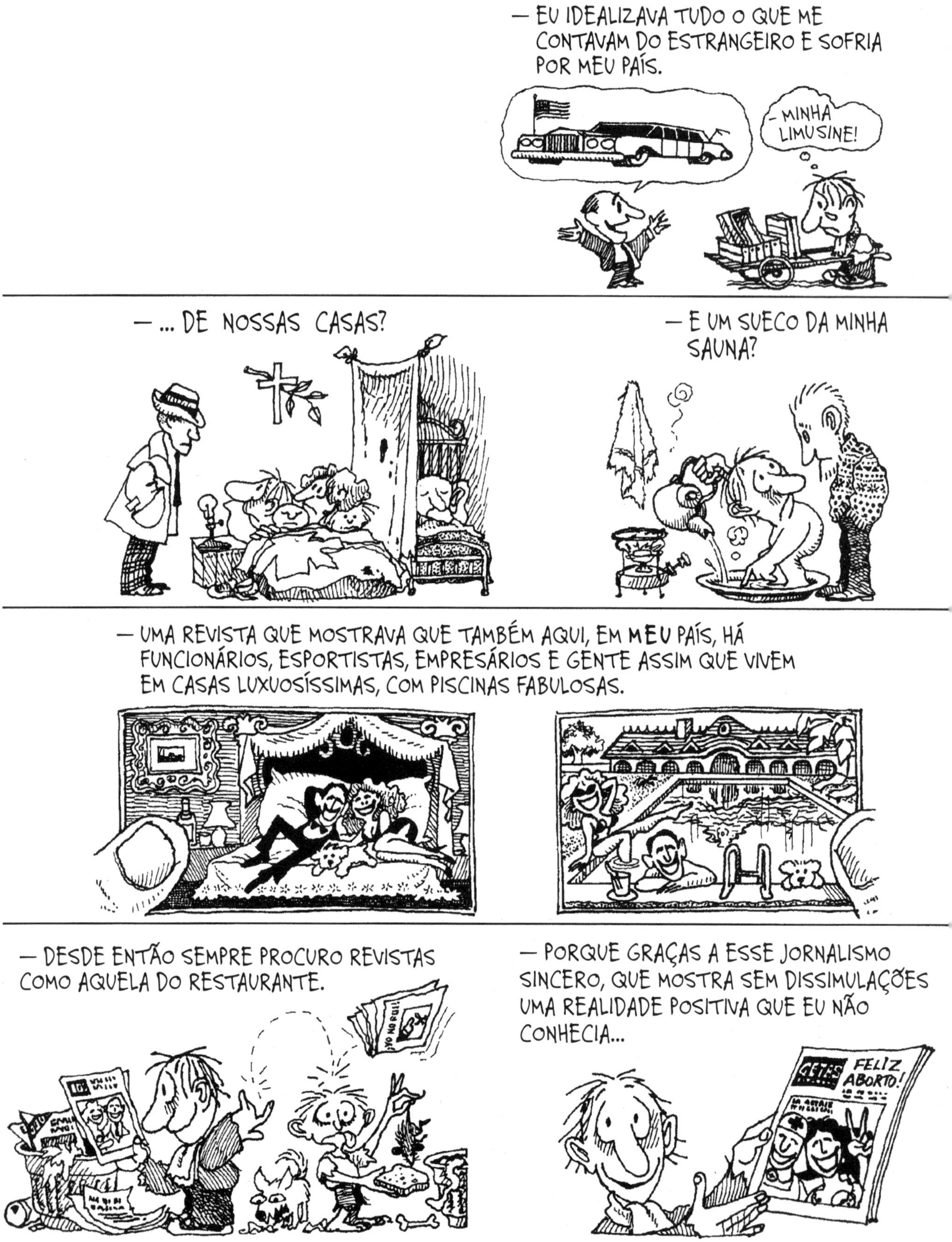
— EU IDEALIZAVA TUDO O QUE ME CONTAVAM DO ESTRANGEIRO E SOFRIA POR MEU PAÍS.
- MINHA LIMUSINE!
— ... DE NOSSAS CASAS?
— E UM SUECO DA MINHA SAUNA?
— UMA REVISTA QUE MOSTRAVA QUE TAMBÉM AQUI, EM MEU PAÍS, HÁ FUNCIONÁRIOS, ESPORTISTAS, EMPRESÁRIOS E GENTE ASSIM QUE VIVEM EM CASAS LUXUOSÍSSIMAS, COM PISCINAS FABULOSAS.
— DESDE ENTÃO SEMPRE PROCURO REVISTAS COMO AQUELA DO RESTAURANTE.
— PORQUE GRAÇAS A ESSE JORNALISMO SINCERO, QUE MOSTRA SEM DISSIMULAÇÕES UMA REALIDADE POSITIVA QUE EU NÃO CONHECIA...
FELIZ ABORTO!

— É QUE EU, IGNORANTE E EGOÍSTA, SÓ VIA O QUE ESTAVA EM VOLTA DE MIM.
— E ACHAVA QUE HOJE TODO O MEU PAÍS FOSSE ASSIM. E ME ENVERGONHAVA PENSAR, POR EXEMPLO, O QUE UM NORTE-AMERICANO DIRIA...
— E UM FRANCÊS DE ALGUNS DE NOSSOS RESTAURANTES?
— ATÉ QUE UM DIA, JUSTAMENTE NUM RESTAURANTE, CAIU EM MINHAS MÃOS UMA REVISTA MARAVILHOSA.
— E PESSOAS QUE COMEM EM RESTAURANTES TÃO DELICIOSOS QUANTO OS DE PARIS.
COMEMORANDO A SAÍDA DO CÁRCERE DE SEU FILHO VIU-SE
AQUI EM COMPANHIA DO JUIZ
JÉSSICA FRANQUINSHELL FESTEJOU JUNTO
COM DANY CAZZOPIGRO O ANIVERSÁRIO
ÉSIMO DIVÓRCIO
— ... HOJE VIVO ORGULHOSO DE SABER QUE AQUI, EM MEU PAÍS, HÁ PESSOAS QUE PRESTIGIAM NOSSO NÍVEL DIANTE DE NÓS E DIANTE DO MUNDO.

— .... CRIANÇAS, MULHERES, APOSENTADOS, PESSOAS SEM TRABALHO, QUE PROCURAM COMIDA REMEXENDO LATAS DE LIXO DE SUPERMERCADOS E RESTAURANTES!! NÃO É HORRÍVEL?
— ESPANTOSO!... JÁ HAVIA BASTANTE DESAPEGO POR NOSSA COZINHA TRADICIONAL, E AGORA, AINDA POR CIMA, VÊM ESSES MARGINALIZADOS SOCIAIS PARA POLITIZAR NOSSA GASTRONOMIA.

— ~ ORIENTE MÉDIO: UM ATENTADO CELESTIAL ARRASOU HOJE AS CIDADES DE SODOMA E GOMORRA E A REGIÃO VIZINHA, CAUSANDO A MORTE DE TODOS OS SEUS HABITANTES.
TN
— ~ ESCÂNDALO EM ROMA: DURANTE UMA FESTA OFERECIDA PELO REI RÔMULO, AS ESPOSAS E FILHAS DOS CIDADÃOS SABINOS CONVIDADOS FORAM RAPTADAS E, PRESUMIVELMENTE, VIOLENTADAS POR SEQUAZES DO PRÓPRIO GOVERNANTE.
TN
— ~ EGITO: UMA TERRÍVEL CADEIA DE ASSASSINATOS EXTERMINOU A NOITE PASSADA TODOS OS PRIMOGÊNITOS DAS FAMÍLIAS EGÍPCIAS, DESDE A DO FARAÓ ATÉ A DO ÚLTIMO CRIADO. A MESMA SORTE COUBE A TODOS OS PRIMOGÊNITOS DE ANIMAIS. AS VÍTIMAS SOMARIAM DEZENAS DE MILHARES EM TOD...
CLIC!
TN
— AH, DOIS PRATOS. A MENINA NÃO JANTA?
— NÃO VAI DORMIR EM CASA.
— AH! E OMBRE BAI BORMIR?
— ELA NÃO DISSE.
— "NÃO DISSE"!! SERÁ QUE ESSA INCONSCIENTE SABE DOS TEMPOS ATUAIS E DE TODAS AS BARBARIDADES QUE ESTÃO ACONTECENDO NO MUNDO, HEM?!!

ENCONTRO
PATROCINADO
PELO LABORATÓRIO
REPREX S.A.
PARA SEU LINIMENTO
CONTUSOL
FORTE

— EU NÃO QUERIA ME PROSTITUIR, **MAS** NA FÁBRICA GANHAVA UMA MISÉRIA.
— EU NÃO QUERIA EXPLORAR NINGUÉM, **MAS** SÓ PAGANDO SALÁRIOS BAIXÍSSIMOS POSSO COMPETIR NO MERCADO SEM TER QUE FECHAR A FÁBRICA.
— EU NÃO QUERIA ROUBAR, **MAS** HOJE A SOCIEDADE NÃO ME DEIXA OUTRA SAÍDA.
BANK
— EU NÃO QUERIA TER QUE MATAR GENTE, **MAS** MEU DEVER É PROTEGER OS BENS E A SEGURANÇA DA POPULAÇÃO.
— EU NÃO QUERIA SER MÉDICO, **MAS** MEUS PAIS ME OBRIGARAM A SEGUIR A TRADIÇÃO DA FAMÍLIA.
— EU NÃO QUERIA QUE MINHAS CRIATURAS SAÍSSEM ASSIM, **MAS**.....
— MAS O **QUÊ**?

— O MILAGRE APARECE NA PÁGINA DA ESQUERDA. SE VOCÊ NÃO CONSEGUE VÊ-LO É PORQUE PÕE POUCA FÉ; INSISTA.

— OH DEUS, TODO-PODEROSO, NÃO PODES ABANDONAR-ME ASSIM! POR QUE EU? SEMPRE TE AMEI, TEMI E RESPEITEI; ME AJUDA, ME SOCORRE, ME DÁ COM O QUE SOBREVIVER NESTE TRANSE INFELIZ!
-SHUÓÓÓÓ-ÍKI
HAM-HAM!

RECEP
NÃO SE ACEITAM PROPINAS

— SUA ÚLTIMA VONTADE?
TAXI
—!!
—OK, OK PADRE!
TAXI

PAX
— CALMA, CALMA, VOCÊ ESTÁ SONHANDO, ISSO NUNCA PODERIA ACONTECER, ÀS VEZES PARECE VERDADE, MAS NÃO, É SÓ UM SONHO, UM SONHO HORRÍVEL, CALMA!!...

— OUTRA VEZ A INTERFERÊNCIA DO MALDITO CANAL CULTURAL!!

— FUTEBOL, FUTEBOL, COMO SE A VIDA DIÁRIA FOSSE SÓ FUTEBOL!!

— CRIATURINHA DE DEUS!!... A MESMA POSIÇÃO QUE NA ECOGRAFIA, QUE NÃO NOS DEIXAVA SABER SE ERA MENINA OU MENINO!

371
371

— SENHOR DIRETOR, SUA REUNIÃO DE GERENTES.
— SR. DIRETOR, SEU ALMOÇO COM EMPRESÁRIOS JAPONESES.
— AQUI CALNE MUITO MACIA. ECONOMIA MUITO DULA. VOCÊ BAIXAL PLEÇOS E NÓS COMPLAL TAKA-TAKA,
SIM?
HÍ-HÍ-HÍ
— SR. DIRETOR, A RECEPÇÃO NA NUNCIATURA COM SUA ESPOSA.
— SR. DIRETOR, SEU JOGO DE TÊNIS COM O SR. VICE-MINISTRO.
-BONK!
ARMAZÉM
11
DON MANOLO

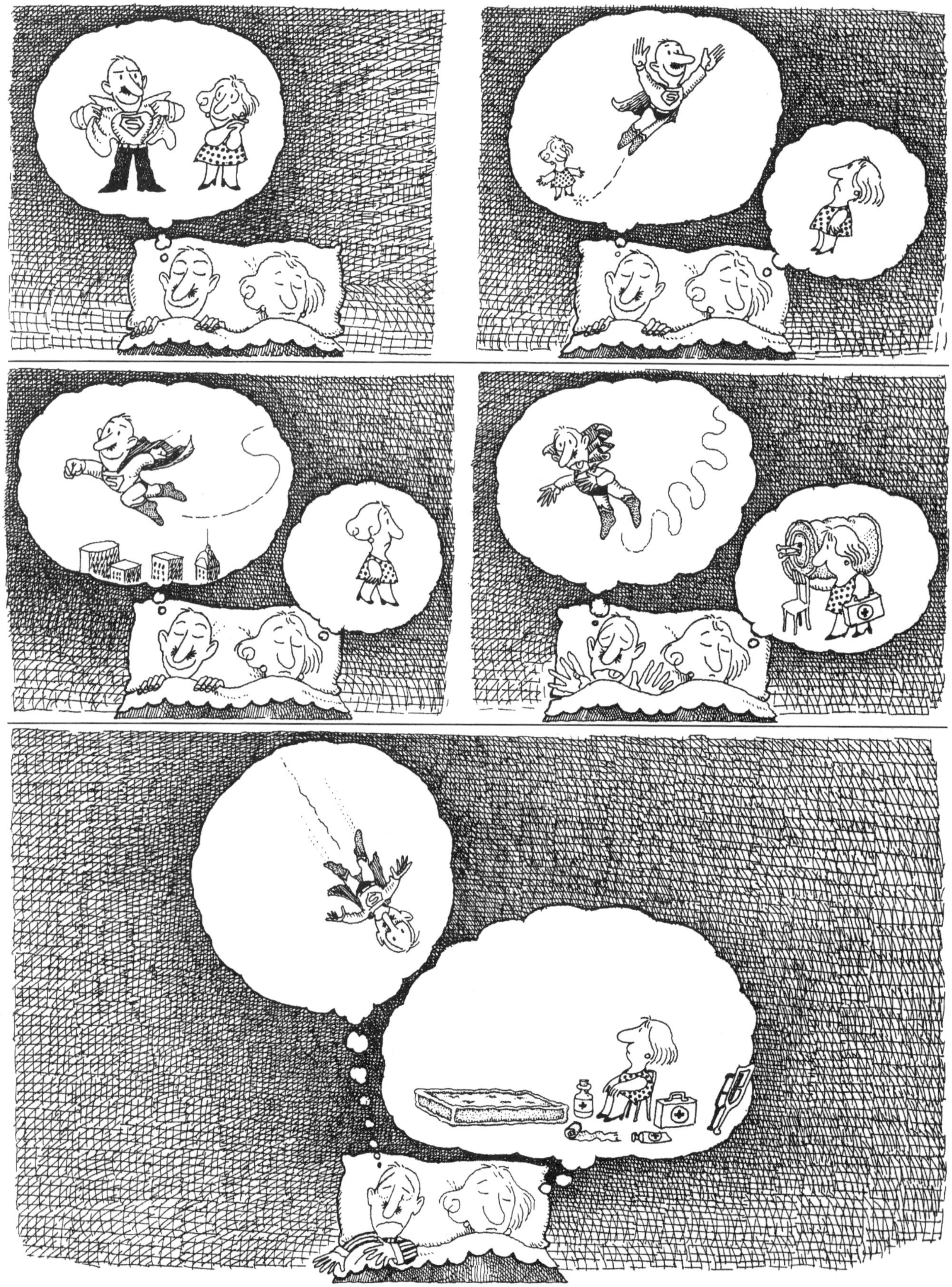

— "POEIRA, VIAJANTE DO AR, PODERIAS ME LEVAR...
— ... PARA BUSCAR MINHAS ILUSÕES NA BEIRINHA DO MAR?"
— SNIFT! EU QUERIA SER ATRIZ, MAS MEU PAI DISSE: "ANTES VER VOCÊ MORTA DO QUE
— SEMPRE CONTANDO A MESMA HISTÓRIA, MULHER!! CHEGA!!
— NÓS TEMOS TUDO PARA SER FELIZES: UM LAR, FILHOS SADIOS, CARRO, MICROONDAS... O QUE MAIS ESTÁ FALTANDO?
— MINHAS ILUSÕES NA BEIRINHA DO MAR!! É ISSO QUE ESTÁ FALTANDO!! UÁÁÁÁÁÁÁ!!...
— SANTO DEUS, QUEM SABE UM TRAGO ME AJUDE A ENTENDER!
— OBRIGADO! EEMMM, DESCULPE, UMA PERGUNTA...
— O SENHOR JÁ TENTOU ENTENDER UMA MULHER?
— NÃO, SENHOR, SEMPRE FUI GARÇOM.

100

PORNOSHOP
XXX!
SEXSHOP
EXTRA HARD!

SexShop
SexShop

SexShop
SexShop

— E ISTO? O QUE É ISTO?
— COMO "O QUE É ISTO"? SOU UM PEDAÇO DE ALGUM PENSAMENTO SEU.
— MEU? O QUE EU POSSO TER PENSADO COM ESTA FORMA?
— POR EXEMPLO:
— NÃNÃO!... ESTA SEMANA NÃO, AINDA BEM.
— OU TALVEZ:
— OI, PAI!... ESTA É A JÉSSICA. JÁ ESTEVE AQUI ONTEM.
— AH, CLARO, EU LEMBRO. TUDO BEM?
— TUUUDO!

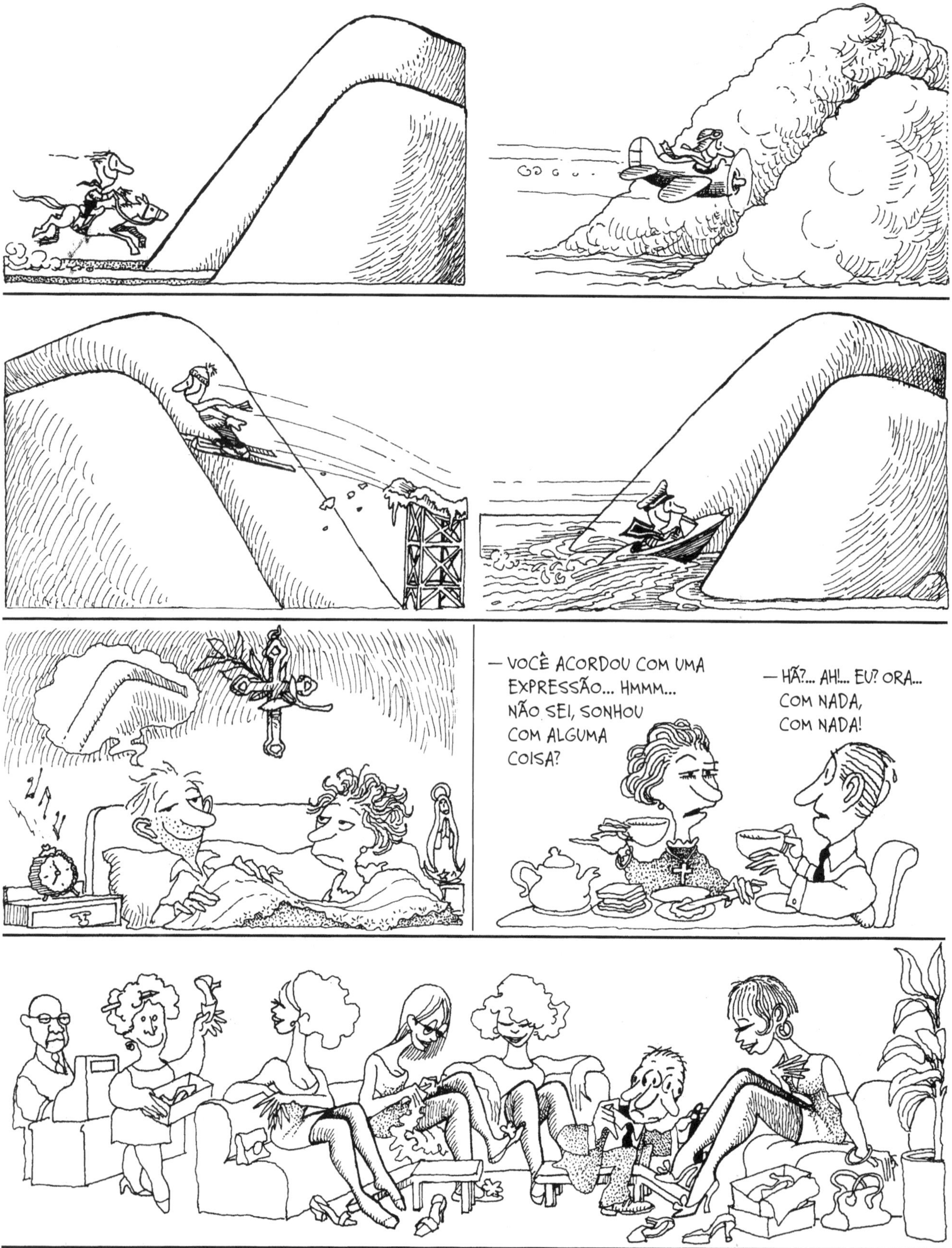
— VOCÊ ACORDOU COM UMA EXPRESSÃO... HMMM... NÃO SEI, SONHOU COM ALGUMA COISA?
— HÃ?... AH!... EU? ORA... COM NADA, COM NADA!

¡HI-HI!

— SE ESSA MOCINHA PENSA QUE VAI ME PASSAR ASSIM SÓ PORQUE É JOVEM, ESTÁ MUITO ENGANADA!
— E DE TRÁS ELA É BEM ATRAENTE! VAMOS VER SE DE FREN TE TAMBÉM É
..HAM!.
— OH-OH, SINAL VERMELHO! AGORA VOU ALCANÇÁ-LA!
— QUE FIQUE BEM CLARO: PERDER UMA BATALHA NÃO SIGNIFICA PERDER A GUERRA!!
— BOA NOITE, WATERLOO

— ORA, MULHER,...... GOYA!!!

MEMOREX

— ... E É ISSO QUE OS MÉDICOS VÊM LHE DIZENDO HÁ ANOS: "MUITO CUIDADO COM O SEXO, VOVÔ, OLHE QUE NA SUA IDADE...!" MAS O VOVÔ, NADA!.. DEVO ADMITIR, ALIÁS, QUE A IDÉIA DE ARRUMAR ENFERMEIRAS POR TURNOS PARA CONTROLÁ-LO TAMBÉM NÃO FOI MUITO FELIZ.

— MA... MAS ESTE ERA UM JORNAL SÉRIO!!... COMO É POSSÍVEL?!!...
— BETINA, JOVEM FOGOSA, INSACIÁVEL. TODAS AS SUAS FANTASIAS. TEL 35
— QUE PROCACIDADE!
— KÁTIA, EXUBERANTE, VICIOSA SEM LIMITES. BEIJO FRANCÊ
— .. SSO É UM ESCÂNDALO!!.. QUANTO DESPUDOR!!
— SORAYA E XÊNIA, DUAS BOQUINHAS VORAZES O ESPERAM JUNTAS PARA ENLOUQUEC
— DEUS, EM QUE PAÍS ESTAMOS?
— DEVERIAM PROIBIR TODA ESTA ASQUEROSA PROSTITUI
— SIM SENHOR! CENSURA, PENA DE MORTE, PRECISAMOS DE UM FRANCO, UM PINOCHET!!
— MARIANA, MOÇA BOA, IDEAL TERCEIRA IDADE. SÓ MIMOS "LIGHT". NÃO CONTÉM SEXO NEM RISCO CARDÍACO. TEL 763 15

— SOZINHA, PRECIOSA? NÃO DESEJA QUE EU LEIA
O RESULTADO DE MEUS ÚLTIMOS EXAMES?

— ... E É COMO UMA PONTADA, DOUTOR, QUE COMEÇA AQUI, DO LADO.
— ENTENDO, AQUI; E DEPOIS?
— DEPOIS VAI SUBINDO, SUBINDO... ATÉ CHEGAR AQUI. ENTÃO É UMA ÂNSIA, ... UM SUFOCO, ... UMA OPRESSÃO!!...
— AI, MINHA MÃE!!... OS MESMOS SINTOMAS!!! QUE DIABOS NÓS TEMOS??

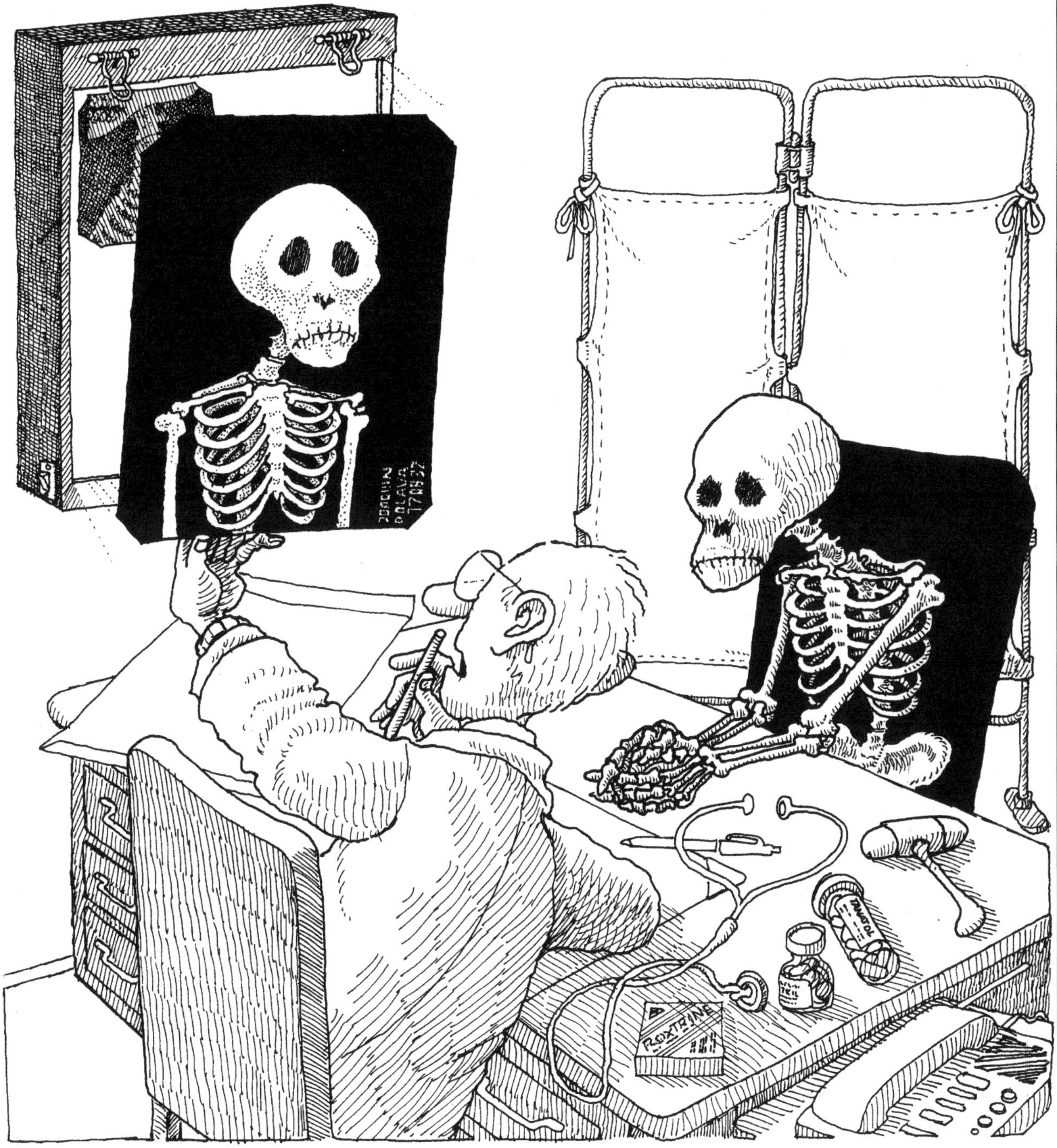

— BEEM... JÁ QUE NEM NO SENHOR NEM EM SUAS RADIOGRAFIAS SE OBSERVAM MUDANÇAS IMPORTANTES, EU DIRIA QUE DEVEMOS CONTINUAR O TRATAMENTO COM A MESMA MEDICAÇÃO.

— CONSULTÓRIO, BOA TARDE... NNNÃO, HORA PARA HOJE, O DOUTOR... IMPOSSÍVEL! POSSO ARRANJAR PARA O MÊS QUE V... NÃO SENHOR, PEÇO QUE...
— ... NÃO INSIST... VAMOS VER. AGUARDE UM MOMENTO, POR FAVOR
UUUOGH!!
— VEJA QUE SORTE, UM PACIENTE ACABOU DE CANCELAR A CONSULTA. O SENHOR PODERIA VIR HOJE ÀS
MARAVILHA! SEU NOME, POR FAV

— FOI UMA IDÉIA DO DOUTOR. "POR QUÊ — ELE SE PERGUNTOU — ALÉM DE SUAS DOENÇAS AS PESSOAS TÊM QUE AGÜENTAR UMA SALA DE ESPERA CHATA?"

$20
$20

— APRECIAMOS SINCERAMENTE SEU ESFORÇO PESSOAL PARA OFERECER MELHOR ATENDIMENTO AO CLIENTE... MAS HÁ NÍVEIS, SENHOR ROSSI, HÁ NÍVEIS!!

— A PARTIR DE HOJE, ACABOU-SE A DESAGRADÁVEL PRIMEIRA VEZ.
— CHEGA DE CULPAR A SI MESMO OU OUTRO MALDITO DISTRAÍDO. CHEGA DE ÓDIO, RAIVA E MALDIÇÕES. POR QUE TUDO ISSO?
—... PORQUE TODOS OS NOSSOS ÚLTIMOS MODELOS VÊM COM O PRIMEIRO ABORRECIMENTO JÁ INCORPORADO NA FABRICAÇÃO. ESTUDADO PARA QUE PAREÇA REAL, OBSERVE QUE ACABAMENTO: NADA DE FARÓIS QUEBRADOS, NEM CROMAÇÕES OXIDADAS, NEM PINTURA RACHADA. E O SENHOR PODE ESCOLHER: ABORRECIMENTO DIANTEIRO, TRASEIRO, À DIREITA, À...

— EU BEM QUE DISSE, DAMIÃO: ESTOU ACHANDO ESSE VÔO CHARTER SUSPEITAMENTE BARATO. E VOCÊ, NADA. EU BEM QUE DISSE, DAMIÃO.

— COMO ASSIM, VAMOS CAIR!!?? ... NÃO ESTAMOS NO SIMULADOR DE VÔO??

— SIM, O COMANDANTE ESTÁ. QUAL É O ASSUNTO?

— ... É QUE A PAIXÃO DE VOAR EU TRAGO NA ALMA DESDE CRIANÇA. QUANTOS FILMES DE GUERRA EU VI, COM AQUELES BOMBARDEIROS B-52!..
— "AQUI FALCÃO VERMELHO CHAMANDO A BASE. FALCÃO VERMELHO EM FASE DE APROXIMAÇÃO DE OBJETIVO. TUDO OK PARA DESCARREGAR BOMBAS. OVER."
— E AÍ O HOMEM... CLIC!, APERTAVA UM BOTÃOZINHO, ASSIM, E ENTÃO...
CAUTION
CLIC

PORTAS
GATES
5-6-7-8
ALFÂNDEGA - CUSTOMS-
ZOLL - ADUANA -
DOUANE

— NUNCA IMAGINEI QUE UM DIA EU, ASSIM, DE REPENTE, PUDESSE ME APAIXONAR E ME TRANSFORMAR NUM OUTRO HOMEM. O FATO OCORREU HÁ DOIS DIAS, DURANTE UMA REUNIÃO DE CARÁTER SOCIAL, E DESDE ENTÃO MINHA IDENTIDADE É OUTRA, JÁ NÃO TENHO NADA A VER COM QUEM FUI ATÉ CONHECER A CIDADÃ ROXANA SAMANTA POMPINO, DE SEXO FEMININO, NASCIDA EM 27-04-69 NA LOCALIDADE DE LOS PONMITOS, COM ATUAL DOMICÍLIO NA RUA TENENTE CANOPLA 1243 DESTA CIDADE, ESTADO CIVIL SOLTEIRA, PROFISSÃO MANICURE, TEZ CLARA, OLHOS CASTANHOS, CABELOS CASTANHOS, ALTURA 1,64 M, CARACTERÍSTICAS PARTICULARES DESTACÁVEIS E QUE, INTERROGADA A RESPEITO, DECLAROU-SE INTERESSADA EM MANTER NOVOS CONTATOS COM ESTE DECLARANTE. NUNCA ANTES ME HAVIA ACONTECIDO DE SENTIR QUE TAMBÉM SOU CAPAZ DE ME EXPRESSAR, SEI LÁ,..... ASSIM,.. COMO UM POETA!

— EU MESMO, PRAZER EM ME CONHECER.
— DE ONDE NASCEU A IDÉIA DESTE ENCONTRO?
— DE UM LIVRO; EU O ABRI E LI A FRASE: "CONHECE-TE A TI MESMO"
— AH, SIM, AQUELE LIVRO QUE ESTÁ SEMPRE NA SALA. ÀS VEZES O FOLHEIO, MAS NA VERDADE EU GOSTO MESMO É DE TELEVISÃO.
— SIM, CLARO, EU SEI: DEBATES POLÍTICOS, PROGRAMAS CULTURAIS...
— NÃÃÃÃO, QUE NADA!... FUTEBOL, BOX, CORRIDAS, EMOÇÃO.
— MDIA, CAVALHEIROS?...
— AH, UM CHÁ, POR FAVOR.
— E UM UÍSQUE!
— UÍSQUE A ESTA HORA?
— UÍSQUE, SIM.. FOD... BOA AQUELA MOCINHA, NÃO É?
— AH, NÃO!! ESSA NÃO!! E A ROSINHA? E AS CRIANÇAS?
— CLARO, EU AMO A ROSINHA, SÓ QUE, AFINAL, CALMA!!
— BEM, FOI UM PRAZER. VAMOS VER QUANDO REPETIMOS!
— MAS... NÃO HAVIA SEMPRE UM LIVRO AQUI NA SALA?
— UM LIVRO? NÃO LEMBRO, ROSINHA, NÃO LEMBRO.

— ACORDEI SOBRESSALTADO, MINHA ALMA NÃO ESTAVA COMIGO.
— MEU DEUS, SERÁ QUE MORRI?
— SILÊNCIO, DESGRAÇADO!!
— FINALMENTE A ENCONTREI NUM BAR. BEBENDO.
PORQUE ESSA PESSOA ACUMULA NA ALMA ILUSÕES, AMORES, ÓDIOS, PAIXÕES, INVEJAS, ANGÚSTIAS, MEDOS,... É DEMAIS PARA UMA SÓ!!

— CORRI ATÉ O ESPELHO. MINHA ALMA TAMBÉM NÃO ESTAVA LÁ.
— DESESPERADO, SAÍ PARA PROCURÁ-LA PELA CIDADE.
ALMAAA!!
ALMAAA!
— ALMA! O QUE HOUVE? POR QUE VOCÊ ME ABANDONA ASSIM?
— PRECISAVA DESCANSAR UM POUCO. É MUITO DURO SER ALMA DE UMA MESMA PESSOA POR TODA A VIDA.
— ENFIM!... SEI QUE SÓ ME RESTA ACOMPANHÁ-LO ATÉ O FINAL, PORTANTO... VAMOS!!
— MAS VOCÊ VAI TER QUE ME AJUDAR A ANDAR, POIS ESTOU UM POUQUINH... OPA!!
— ... pleto estado de embriaguez em via pública.
— EU NNÃOC; MINHA ALMA, E ESTOU VIVO, NÃO EMBRIAGADO!
HIP!

— BÓRIS GUARDAVA UM SEGREDO DENTRO DE SI.
— UM SEGREDO QUE LHE ROÍA A ALMA E LHE ATORMENTAVA O ESPÍRITO.
— UM SEGREDO QUE NÃO PODIA REVELAR À ESPOSA PORQUE, HORRORIZADA, ELA DEIXARIA DE SER SUA ESPOSA.
— NEM AO MELHOR AMIGO, PORQUE SUA AMIZADE TERMINARIA ALI.
— NEM AO CÉU, POIS TEMIA UMA ETERNA PUNIÇÃO DIVINA.
— PRESTES A ENLOUQUECER, UMA NOITE BÓRIS RESOLVEU PÔR FIM ÀQUELA SITUAÇÃO INSUPORTÁVEL.
— PROCUROU A ÁRVORE MAIS ALTA DA CIDADE...
— ... E DURANTE HORAS LHE CONTOU SEU SEGREDO, NUM MURMÚRIO INCESSANTE.
— VOLTOU PARA CASA E DORMIU LONGA E SOSSEGADAMENTE, COM UMA PLACIDEZ DESCONHECIDA.
— DESDE ENTÃO A BRISA QUE PASSA POR AQUELA ÁRVORE LEVA AOS OUVIDOS DE TODOS O SEGREDO DE BÓRIS.
— MAS BÓRIS PASSEIA TRANQÜILO, POIS SABE QUE, EM SUA SOBERBA, O SER HUMANO NÃO SE INTERESSA POR COMPREENDER NADA DO QUE LHE CONTAM AS OUTRAS ESPÉCIES.

— SABE?.. UMA VEZ PLANTEI UMA ÁRVORE, DEPOIS TIVE UM FILHO E DEPOIS ESCREVI UM LIVRO.
— OU SEJA, O SENHOR CUMPRIU O SONHO DE TODO HOMEM.
— PSIM!... CRESCEU FORTE E COM SAÚDE, UM CARVALHO
— A ÁRVORE?
— NÃO, O FILHO. FORMOU-SE ARQUITETO.
— QUE ORGULHO PARA UM PAI!
— PSÉ!... HOJE TRABALHA NO FORNO DE UMA PIZZARIA CUBANA, EM MIAMI.
— BEM, O FOGO ESTÁ MUITO LIGADO À HISTÓRIA E À CULTURA HUMANAS: NERO, A BIBLIOTECA DE ALEXANDRIA, JOANA D'ARC, SAVANAROLA, MANUEL DE FALLA...
— É, O RAPAZ TINHA VOCAÇÃO PARA ISSO.
— COMO NÃO VENDI UM SÓ EXEMPLAR DO LIVRO, UM DIA MEU FILHO DISSE: "NÃO SE PREOCUPE, PAI, VOU APAGAR A IMAGEM DO SEU FRACASSO."
— QUE GRANDE CORAÇÃO DO JOVEM! CONSEGUIU APAGÁ-LA?
— TOTALMENTE; POUCO ANTES DE IR PARA MIAMI, CORTOU A ÁRVORE QUE EU TINHA PLANTADO.
— E COM A LENHA DELA QUEIMOU A EDIÇÃO INTEIRA DO MEU LIVRO. ERAM MIL EXEMPLARES.
— AH, CARAMBA, E QUAL ERA SEU TÍTULO?
— JÁ DISSE: ARQUITETO.
— NÃO, O FILHO NÃO. O LIVRO
— AH,... O LIVRO
— CHAMAVA-SE "SEJA VOCÊ TAMBÉM UM HOMEM FELIZ".
— GRANDE TÍTULO!
— PSIMP, ... GRANDE TÍTULO.

— AGORA EU SEI: SEBASTIÃO GABOTO, EM 1531. HÁÁ!!
— HÁÁ UMA VÍRGULA! ERROU DE NOVO: FOI SEBASTIÃO EL CANO, EM 1522, O PRIMEIRO NAVEGANTE QUE DEU A VOLTA AO MUNDO. VOLTE PARA SEU LUGAR.
— A MESMA VELHA CHATA DE 50 ANOS ATRÁS! COMO PODE ALGUÉM VENCER NA VIDA COM UMA PROFESSORA DESSA!

— CONHECERAM-SE NUMA TARDE DE CHUVA, FALANDO **DE LITERATURA**
Paul Auster
Saramago
Joseph Roth
Bioy
Borges
Tabucchi
Saint-Exupéry
Lorca
— DESDE ENTÃO, E ATÉ HOJE, SEU DIÁLOGO FOI SE APROFUNDANDO, OU SEJA, FALAVAM **DE CINEMA**
Bergman
Fellini
Woody Allen
Ripstein
¡Wenders!
ROXY
HOY
— ... DE ARTES PLÁSTICAS...
Hockney
Kline
Picasso
Klee
Duchamp
Leonardo
Bosco
Pistoletto
Miró
Grosz
MUSEO
— ... DE FILOSOFIA...
Schopenhauer
John Dewey
William James
Sartre
Hegel
Platon
Kant
— ... DE MÚSICA...
Beethoven
Vengerov
The Beatles
~~Julio Iglesias!~~
Ravel
Piazzola
Mozart
Kleiber
Martha Argerich
Prokovief
— ... DE CASAMENTO...
Sacramento eclesiástico!
União eterna!
Vocação divina!
Até morrer!
"O casamento é uma ponte que leva ao céu", disse Zoroastro.
— ... DE SEU PRIMEIRO BEBÊ...
Caca-popó
Vômito
Mamãe mamá, tá?
Remela
Pichulinha inflamada?
Bumbum assado
Arrotinho
Catarro
Achô!
Pipi
Supositório
Barriguinha
cadê o tetê?
Dodói, coitadinho!

— E QUER SABER, PADRE? TEMOS OUTRA SEMELHANÇA.
— AAHMMÉ?
— É, EU TAMBÉM SOU SOLTEIRA!!
TAXI

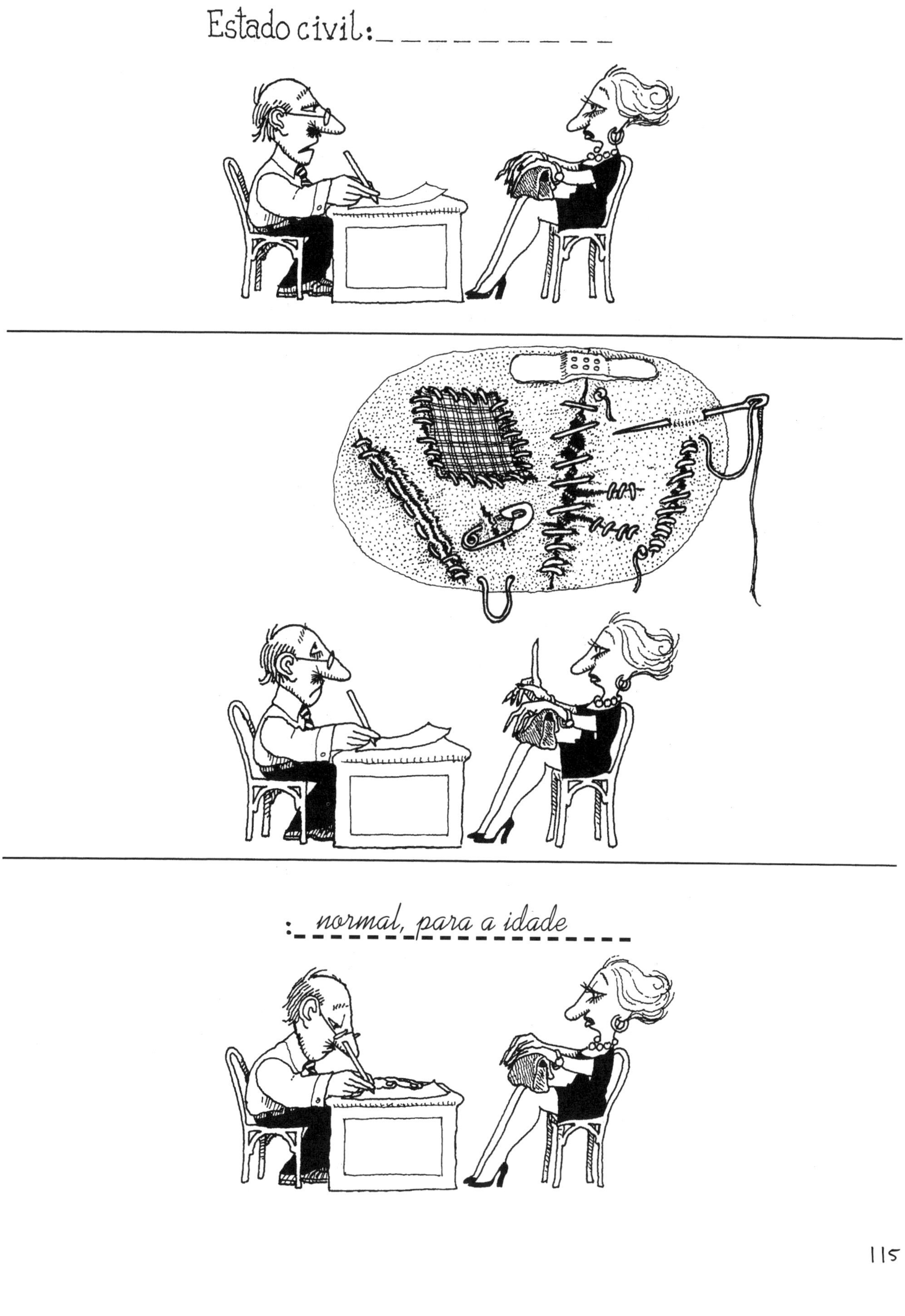
Estado civil: __________
: normal, para a idade

— ANA E CARLOS SE AMAVAM 100%
— DESSE AMOR NASCEU JULINHO.
— ANA E CARLOS COMPARTILHARAM COM JULINHO SUA % DE AMOR.
— ISSO ERA POSSÍVEL GRAÇAS A TATIANA. TATIANA NÃO COBRAVA MUITO E AMAVA JULINHO UNS 3%.
— NO ENTANTO, AS COISAS NÃO MUDARAM MUITO PARA CARLOS.....
- FILHINH!
— QUE IDÉIA É ESSA DE FAZER DO AMOR UMA QUESTÃO DE PORCENTAGENS?! E AINDA MAIS INSINUAR UM ADULTÉRIO!! É UMA IDÉIA REPUGNANTE!!

— MAS UM DIA CARLOS COMEÇOU A SENTIR QUE ANA O AMAVA UNS 20% A MENOS, PORCENTAGEM QUE ELA PASSAVA A JULINHO.
— ANA TENTOU REMEDIAR A SITUAÇÃO DEDICANDO MAIS TEMPO AO MARIDO.
— ... QUE SEM PERCEBER COMEÇOU A OLHAR PARA TATIANA COM UNS 17% DE AFETO.
— CHEGA DE DESENHAR PORCARIAS!!
— POR CAUSA DE QUEM, COMO VOCÊ, ATENTA CONTRA A MORAL E A FAMÍLIA O MUNDO ESTÁ COMO ESTÁ!! MALDITO LIBERTINO DEGENERADO!!
— ANA....
— CARLOS.... EU AMO VOCÊS... A HISTÓRIA IA SER LINDA...
— TATIANA... JULINHO?

— MMMM, ... O AMOR!!
— OOOH, ... O AMOR!!
— AAAH, ... O AMOR!
— "OH, ESPOSA, MEL E LEITE HÁ DEBAIXO DE TUA LÍNGUA; ..."
— MMMM, O AMOOOR!!

— NÃO, NESTE MOMENTO A SENHORA BARONESA NÃO PODE ATENDER; É HORA DA HIDROMASSAGEM DELA.

freezer
— PATROA, FUI TIRAR O FRANGO PARA O JANTAR E ISTO CAIU DO FREEZER. O QUE FAZ
— CHARLIE!!
— OH, CHARLIE, COMO VOCÊ ERA BONITO, FINO, ESPORTISTA! LEMBRA? QUERIA ME LEVAR PARA VIVER COM VOCÊ EM SIDNEY! COMO VOCÊ VÊ, AINDA O CONSERVO, ESPERANDO QUE TALVEZ UM DIA...
— ORA!... QUE BOBAGEM ESTOU DIZENDO? POR DEUS! TOME, FORA, JOGUE ISTO JÁ NO LIXO!!
— OLÁ, QUERIDA!
— BEM, ALGUMA NOVIDADE?
— SIM.
— HOJE FICAMOS SABENDO QUE TRISTE FIM TÊM OS FRANGOS QUE NÃO CONHECERAM A AUSTRÁLIA!
— SNIFT!!...

— O QUE SIGNIFICA ISTO? POR QUE NÃO TEMOS TODOS ESTA MESMA VELA?

— TÊM, SIM, CAVALHEIRO, BASTA ESTAR SINCERAMENTE APAIXONADOS.

— "JANINA E GONÇALO SE CONHECERAM NA FACULDADE DE 'ADMINISTRAÇÃO DE EMPRESAS'."
— "TROCARAM OLHARES, AVALIANDO O INTERESSE AFETIVO QUE UM PODERIA OBTER DO OUTRO."
— "VENDO QUE A TENDÊNCIA DA TAXA DE AFINIDADE SE ELEVAVA, RESOLVERAM IMPLEMENTAR UMA RELAÇÃO MAIS SÓLIDA."
— "DEPOIS DE CONSTATAR LEGITIMAMENTE UM INCREMENTO EFETIVO DO ÍNDICE DE ESTABILIDADE ATINGIDO EM COMUM, ESTABELECERAM UM PLANO PRIORITÁRIO DE OBJETIVOS."
LIVROS
SALDOS
FIXOS
CRÉDITOS
TRANSPORTE
$
CARTÃO
POUPANÇA
BANCO
%
$
— "OBJETIVOS QUE ELES FORAM CUMPRINDO EM CADA UMA DE SUAS ETAPAS, DE ACORDO COM O CRONOGRAMA CONCISO PREVIAMENTE ESTABELECIDO."
— "HOJE, CUMPRIDOS TODOS OS ITENS E COBERTO O PLANO DE PRODUÇÃO DESEJADO.....
— ... ELES VIVEM FELIZES, CERCADOS PELO ENTORNO AFETIVO QUE LHE OFERECE A GRANDE COMUNIDADE QUE ESTAMOS TODOS AJUDANDO A CONSTRUIR."

– OHH, A SEMPRE SUBLIME E ETERNA POESIA DO AMOR!!

YANGRAF
Impressão e acabamento
fone/fax: (11) 6198.1788